# TROIS FOIS LINO

*À Maurice, pour sa présence,*
*son aide et son regard*


*Loi n° 49.956 du 16 juillet 1949 sur les publications destinées à la jeunesse : avril 2023*
*Dépôt légal : avril 2023*
*Imprimé en France par Gibert Clarey Imprimeurs à Chambray-Les-Tours (37)*

ISBN 978-2-211-32435-9

Mathieu Pierloot

# TROIS FOIS LINO

Illustré par Baptiste Amsallem

neuf
*l'école des loisirs*
11, rue de Sèvres, Paris 6e

# Ringo

Je prenais mon petit-déjeuner devant un dessin animé quand quelqu'un a sonné à la porte. La bouche pleine de céréales et dégoulinante de lait, j'ai hurlé :

– On sooooooonne !

Le samedi matin, papa et maman prennent leur café au lit et je n'ai pas le droit de les déranger. Ils appellent ça « leur moment d'intimité ».

La sonnette a de nouveau retenti.

Depuis leur chambre, maman m'a crié d'aller voir qui c'était, alors j'ai mis « Pause » et je suis allé ouvrir en pyjama.

Une femme se tenait sur le pas de la porte. Elle m'a souri mais ça se voyait qu'elle faisait des efforts pour paraître aimable.

– Tes parents sont là ? m'a-t-elle demandé.

C'était la voisine du troisième. Je l'ai reconnue tout de suite. Elle était arrivée dans l'immeuble quelques mois auparavant. Papa trouvait qu'elle avait beaucoup de classe et maman, qu'elle ne disait jamais bonjour. Les deux avaient raison.

– Ils sont encore au lit, ai-je répondu.

Elle a réfléchi un moment avant de me demander :

– Tu connais Ringo ?

Comme si elle parlait d'un de nos amis communs.

– Ringo ?

– Mon chien, a-t-elle insisté en mettant sa main au niveau de sa taille. Un leonberg, grand comme ça.

Je ne savais pas ce qu'était un leonberg, mais je me souvenais de l'avoir vue promener une bestiole énorme qui bavait partout et dont l'odeur infectait l'ascenseur.

– Je cherche quelqu'un pour le sortir

aujourd'hui. J'ai pensé à toi, m'a-t-elle souri. Qu'est-ce que tu en dis ?

– Je ne sais pas trop, ai-je répondu alors même que je commençais à me dire que ça pouvait être marrant de promener Ringo.

– Je te paierai, bien entendu, a ajouté la voisine.

J'économisais justement pour m'acheter une console. Je voulais la même que John-John mais mes parents refusaient de me la payer. Le moindre euro était le bienvenu.

– Il faut que je demande si je peux…

La voisine a regardé sa montre avec impatience.

– Tu t'appelles comment ?

– Lino.

– Moi, c'est Julia.

Elle m'a tendu une main sèche, que j'ai serrée avec le plus grand sérieux. Je sentais qu'on pouvait faire affaire, elle et moi.

– Écoute, mon mec vient de me larguer, mon patron est à deux doigts de me renvoyer et si personne ne sort Ringo cet après-midi, il va probablement détruire ce qu'il me reste de canapé avant de faire pipi dans toutes les pièces de mon appartement… Alors, j'ai vraiment besoin de toi, OK ?

– OK, j'ai dit, mais il faut quand même que je demande.

– Tu as quel âge ?

– Je vais bientôt avoir onze ans.

Julia a acquiescé. Elle a détaché une clé

de son porte-clés, puis elle a sorti un morceau de papier de son sac à main.

– Tiens, envoie-moi un texto quand tu auras discuté avec tes parents, a-t-elle dit après avoir inscrit son numéro de portable.

J'ai pris le papier et j'ai empoché la clé qu'elle me tendait.

– Je compte sur toi, a-t-elle déclaré en entrant dans l'ascenseur.

J'ai refermé la porte, excité comme une puce.

Non seulement je pouvais me faire un peu d'argent facile, mais, en prime, je tenais un prétexte en or pour inviter Nadia à notre premier vrai rendez-vous en amoureux. Pour une fois, on serait rien que nous deux, sans les autres dans les parages. Juste elle et moi, marchant main dans la main, tandis que le chien gambaderait joyeusement à nos côtés.

Quand maman et papa sont enfin sortis de leur chambre, je leur ai tout expliqué : la voisine, Ringo et l'argent de poche à la clé.

– Quatre mois qu'elle habite l'immeuble

et elle débarque un matin pour qu'on sorte son chien. Elle est culottée, a dit maman.

– Entre voisins, on peut s'entraider, a répondu papa.

– Cette femme qui ne dit jamais bonjour vient soudoyer ton fils et toi, tu appelles ça de l'entraide ?

– Elle lui propose un peu d'argent en échange d'un petit service. Et puis, une personne qui donne à son chien le prénom d'un batteur célèbre ne peut pas être complètement mauvaise.

Maman a levé les yeux au ciel.

– Lino, m'a demandé papa, tu te sens capable de t'occuper de ce chien ?

J'ai hoché vigoureusement la tête.

– Est-ce que tu as *envie* de t'en occuper ? m'a demandé maman.

J'ai failli répondre que je préférais nettement sortir Ringo pour de l'argent que débarrasser la table pour rien, mais je me suis contenté de hocher à nouveau la tête.

– Très bien, a-t-elle capitulé. Mais cette Julia a intérêt à dire bonjour la prochaine fois que je la croise dans l'entrée.

J'ai emprunté le portable de papa pour écrire un message à Julia. Puis, j'ai envoyé un texto à Nadia :

Salut. C'est Lino.
Ça te dit un tour au parc
à 14 heures ?

J'ai failli terminer par « Bisou » mais je n'ai pas osé. On ne s'était jamais embrassés, même pas sur la joue, même pas par message. J'ai ajouté un ♥, puis je l'ai effacé et j'ai cliqué sur « Envoyer ».

La réponse est arrivée pendant que je vidais le lave-vaisselle gratuitement :

Super !
Rdv devant la grille.
Bisou

★

À 13h30, je suis monté chez Julia par les escaliers parce que maman n'aimait pas que j'utilise l'ascenseur tout seul. Le temps de prendre ma douche et de me préparer (je m'étais brossé deux fois les dents), la matinée avait filé à toute allure. J'avais perdu vingt minutes à chercher mon t-shirt préféré avant de me rendre compte qu'il sentait la soupe. Il m'en restait trois propres mais aucun n'était assez cool pour une balade romantique avec Nadia. J'avais finalement trouvé une chemise pas trop chiffonnée dans mon placard et décidé qu'elle ferait l'affaire.

Quand je suis entré dans l'appartement, une odeur chaude et piquante de chien mouillé m'a boxé les narines. La porte donnait directement sur un salon en désordre au milieu duquel se trouvait un canapé défoncé. De la mousse jaune s'échappait des accoudoirs déchiquetés et les pieds en bois semblaient avoir été rongés par une bête affamée. Il ne fallait pas chercher bien loin pour trouver le coupable… Couché de tout son long sur les coussins, Ringo somnolait. Il a levé vers moi un regard fatigué, avant de pousser un long soupir et de se rendormir. C'était le pire chien de garde qu'on pouvait imaginer. Pourtant, au premier abord, il y avait de quoi avoir peur. Ce chien était vraiment énorme. À peu de chose près, on aurait dit un ours. Ou un mini-poney. J'avais vu un reportage sur un type

qui en élevait dans une ferme. Si quelqu'un avait placé Ringo dans l'enclos, je crois qu'on n'y aurait vu que du feu.

En m'approchant, j'ai remarqué une tache sombre sur le tapis.

– On dirait que j'arrive trop tard, ai-je constaté.

Ringo a couiné en guise d'excuse.

Julia avait posé la laisse bien en évidence sur la table du salon, à côté d'un rouleau de sacs en plastique noir.

– Prêt pour ta promenade, mon gros ? Je vais te présenter Nadia. C'est mon amoureuse.

C'était la première fois qu'on se voyait mais j'avais l'impression qu'on pouvait tout se dire, lui et moi.

– T'as une amoureuse, toi ?

Je lui ai gratté le haut du crâne, ce qui a eu l'air de lui faire sacrément plaisir.

– Allez, j'ai fait en claquant dans mes mains, on y va !

Il n'a pas bougé d'un pouce.

J'ai essayé de siffler en pinçant les lèvres comme maman, mais un filet de bave a coulé le long de mon menton sans qu'aucun son ne sorte de ma bouche.

– Bon, on ne va pas y passer la journée. J'ai rendez-vous, moi…

J'ai attaché la laisse à son collier et j'ai tiré, d'abord doucement, puis, comme Ringo n'y mettait vraiment pas du sien, de plus en plus fort, jusqu'à ce que son corps glisse lentement du canapé comme de la glace qui fond.

Il s'est mis sur ses pattes, m'a regardé avec un air contrarié et, pour la première fois, a aboyé.

– D'accord, ai-je admis, on y va mollo…

Dans la rue, les passants nous regardaient avec curiosité. Ils devaient se demander comment un gamin aussi petit pouvait trimballer un chien aussi gros. Ringo trottinait à son aise, s'arrêtant de temps à autre pour renifler un lampadaire, un chewing-gum écrasé ou la crotte d'un collègue.

J'ai soufflé dans le creux de ma main pour vérifier mon haleine. Ça ne sentait rien de particulier, si ce n'est l'odeur dégagée par Ringo.

– Qu'est-ce que tu schlingues ! Faudrait penser au toilettage un de ces jours…

Vexé, il a stoppé net, puis s'est couché au milieu du trottoir. Il pesait deux fois mon poids, ça ne servait à rien d'essayer de le faire avancer de force.

– Excuse-moi, j'ai dit, mes mots ont dépassé ma pensée.

– Mmmoffff, a insisté Ringo.

– Tu sens le chien, ce qui est normal pour un chien, ai-je reconnu en lui grattant l'arrière de l'oreille.

Il n'y avait pas grand monde aux abords du parc. Quelques personnes se trouvaient dans la file d'attente, devant la camionnette du marchand de gaufres. J'ai aperçu Nadia qui me faisait signe de la main. À ses côtés, appuyés contre la grille, Youssef, Tulipe, Fatou et John-John discutaient joyeusement.

Qu'est-ce qu'ils faisaient là ? Qui les avait invités ?

À quel moment ma balade romantique s'était-elle transformée en sortie de groupe ?!

Assis à mes pieds, Ringo, la langue pendante, m'observait en se demandant pourquoi on n'avançait plus.

– Vvvofff, a-t-il protesté.

– Oui oui, on y va.

Et nous avons rejoint la bande.

– T'es en retard, s'est exclamée Fatou en nous voyant arriver, on avait dit 14 heures !

J'ai interrogé Nadia du regard mais elle souriait comme si tout était normal.

– C'est qui, lui ? a demandé Tulipe en pointant le museau de Ringo du doigt.

– Le chien de ma voisine, ai-je répondu. Elle me file de l'argent pour le promener.

– Bon plan, a-t-elle admis.

– Il est énorme… a dit Nadia.

– Bof, j'en ai déjà vu des plus gros, a fait John-John qui restait à distance.

– C'est un leonberg, a déclaré Youssef, pas vrai ?

J'ai acquiescé.

– Il s'appelle Ringo.

– Ça ne lui va pas du tout, a commenté John-John. Ta voisine aurait dû lui donner un nom plus effrayant, genre Titan ou Dragon !

Il fallait reconnaître que Dragon était un nom super pour un chien.

– Approche, lui a dit Tulipe, viens le caresser.

– Il ne mord pas, hein, Lino ?

– Je ne crois pas, ai-je répondu même si, au fond, je n'en savais rien. On ne se connaît pas depuis très longtemps.

– Je n'aime pas trop les chiens, a marmonné John-John.

– Tu as la trouille ? l'a charrié Fatou.

– Je préfère les chats ! C'est pas interdit par la loi, que je sache ?

– Exactement ce que disent les gens qui ont peur des chiens, a ricané Tulipe.

– Ça s'appelle la cynophobie, a expliqué

Youssef. Cela touche beaucoup plus de gens qu'on ne le croit…

– Ouais, ça touche surtout les trouillards, a insisté Tulipe. Les trouillards qui s'appellent John-John !

Là, John-John s'est énervé. Il a traité Tulipe. Du coup, Fatou l'a défendue et ç'a dégénéré. Youssef a voulu calmer tout le monde mais personne ne l'écoutait.

C'était le pire rendez-vous amoureux de ma vie, même si c'était le seul que j'avais jamais eu.

Au bout d'un moment, Ringo a commencé à en avoir marre. Il a tiré sur sa laisse et m'a entraîné vers les marronniers qui bordaient le parc. Nadia m'a rejoint et on s'est *enfin* retrouvés à marcher tous les deux dans les allées, avec le chien qui gambadait, exactement comme je l'avais imaginé. Ç'aurait été parfaitement romantique si les autres ne nous avaient pas suivis tout en continuant à se disputer.

J'ai poussé un long long soupir.

– Ça ne va pas ? m'a demandé Nadia.

– Si si, ai-je répondu sur un ton qui masquait mal ma déception. C'est juste que… je pensais qu'on serait tous les deux.

– Je sais, a-t-elle soupiré à son tour, mais Tulipe m'a appelée juste après ton message. Elle voulait venir à la maison. Quand je lui ai dit que j'allais au parc avec toi, elle a trouvé que c'était une super idée, alors elle a prévenu la bande. Je n'ai rien osé dire parce que je n'étais pas sûre que tu voulais qu'on soit seuls…

– J'ai cru que c'était toi qui ne voulais pas te promener avec moi.

– Au contraire, j'étais super contente qu'on puisse se voir sans les autres, pour une fois.

Nadia s'est rapprochée. Elle a attrapé mon bras et s'est serrée contre moi. Mes oreilles se sont mises à bourdonner mais d'une chouette façon. J'ai vaguement entendu John-John dire un truc à propos des amoureux et les autres se marrer mais je m'en fichais. Je planais. C'était mieux que la première fois où elle m'avait souri, mieux que la fois où on avait dansé un slow. Nadia sentait la lessive et le shampoing à la vanille. J'étais au paradis.

Tout à coup, Ringo a tiré d'un coup sec sur sa laisse. La poignée m'a échappé des mains. J'ai crié :

– Ringo !

Il s'est éloigné en trottinant, reniflant les poubelles, traînant sa laisse derrière lui.

Je me suis mis à courir dans sa direction.

–Viens ici !

Il s'est tourné vers moi, m'a fixé un court instant… avant de détaler dans les buissons !

Je me suis lancé à sa poursuite, bousculant un petit groupe de promeneurs, mais c'était trop tard. Une demi-seconde d'inattention avait suffi :

Le chien de Julia avait disparu.

★

– Ça arrive tout le temps, a dit John-John. Il paraît que les parcs et les forêts sont remplis de chiens qui se sont enfuis et sont retournés à l'état sauvage.

– J'ai lu un truc là-dessus, a confirmé Youssef.

– Il a raison, a ajouté Fatou, il y en a même qui attaquent les joggers.

– Faut bien qu'ils se nourrissent… a observé Tulipe.

– Un chat, au moins, ça ne mange personne, a dit John-John.

– Ringo mange de la pâtée en boîte et dort sur un canapé ! me suis-je exclamé. Ce n'est pas un chien sauvage !

J'étais à deux doigts de me mettre à pleurer.

– Julia va me tuer. Mes parents vont me tuer. Il faut que je le retrouve !

– On va t'aider, a déclaré Nadia en posant une main sur mon épaule.

John-John a roulé des yeux.

– Mon père m'a demandé de ne pas rentrer trop tard. J'ai des devoirs à terminer…

– Pareil, a dit Fatou en faisant rebondir son ballon. Et j'ai un match demain, alors…

Youssef regardait ses chaussures. Tulipe allait ouvrir la bouche quand Nadia l'a interrompue :

– Écoutez-moi bien, tous les quatre ! les a-t-elle menacés du doigt. Vous avez gâché notre rendez-vous en amoureux alors maintenant, vous vous taisez et vous faites ce que je vous dis de faire, compris ?

Tout le monde savait que la vraie cheffe de la bande, c'était elle. Maman dit que, dans la vie, il y a des gens qu'on écoute plus que d'autres.

– John-John et Fatou, retournez à la grille

et vérifiez qu'il n'est pas sorti par là. Youssef et Tulipe, allez chez Lino. Parfois, les animaux perdus reviennent instinctivement chez eux. Et n'oubliez pas de demander autour de vous si quelqu'un a aperçu Ringo. Un chien de cette taille, ça ne passe pas inaperçu !

Ensuite, elle s'est tournée vers moi et, d'une voix plus douce, elle m'a dit :

– Nous deux, on ratisse le parc. Je suis certaine qu'on va le retrouver.

Elle avait l'air tellement convaincue que j'ai eu envie de la croire.

★

On a arpenté les allées, fouillé les buissons, on a crié après Ringo tant qu'on a pu. Parfois, on croisait quelqu'un qui pensait l'avoir aperçu. Il nous indiquait une vague direction, nous disait d'aller y jeter un coup d'œil mais le chien de Julia n'était nulle part. Si je n'avais pas été avec Nadia, je me serais sûrement assis sur un banc et j'aurais pleuré jusqu'à ce qu'un adulte passe par là et prévienne mes parents.

– On devrait aller voir là-bas, m'a-t-elle dit alors qu'on approchait de l'ancienne aire de jeux.

Elle était à l'abandon depuis des années parce qu'un jour un enfant s'était blessé en marchant sur un tesson de bouteille et qu'un autre avait avalé un mégot de cigarette en jouant dans le bac à sable. Les parents s'étaient plaints à la municipalité. Pour calmer tout le monde, le maire avait ordonné la fermeture de l'aire et des ouvriers étaient venus installer une palissade en bois tout autour.

L'endroit était rapidement devenu le lieu de rassemblement des ados du quartier. John-John m'avait dit que sa sœur, Meredith, y allait souvent.

J'ai collé mon œil entre les planches en bois et j'ai crié : « Ringo ? », mais on n'y voyait rien.

–Viens, m'a dit Nadia, après avoir repéré un trou par lequel se faufiler.

Je m'attendais à découvrir un terrain vague. Je pensais que les ouvriers municipaux auraient enlevé tous les jeux mais ce n'était pas le cas. Tout était là, exactement comme avant : les balançoires, les cages à poules, le bac à sable. Il y avait quelques canettes sur le sol, un tas de mégots écrasés au pied du toboggan et de l'herbe avait poussé dans le sable. Sur un mur, quelqu'un avait tagué *Moins de cours, plus de sieste !*

À part ça, rien n'avait vraiment changé.

– Ringoooo ! a appelé Nadia.

– Laisse tomber, j'ai dit, on a cherché partout…

Je ne savais pas comment j'allais annoncer à Julia que j'avais perdu son chien.

– Je suis désolée, Lino, j'ai vraiment cru qu'on le retrouverait.

Moi aussi, j'y avais cru.

On s'est assis sur les balançoires. Les chaînes rouillées ont grincé sous notre poids. La rosée déposée sur le siège a transpercé mon jean.

– Quand on était tout petits, la maman de Youssef nous emmenait ici après l'école, ai-je dit. Elle nous filait un goûter, puis elle s'installait sur le banc avec un bouquin et nous faisait signe d'aller jouer. Elle devait parfois insister parce que Youssef détestait salir ses vêtements. Il préférait rester assis à côté d'elle. Moi, c'était tout le contraire, je revenais à la maison dans un état pas possible.

– Ma mère, elle ne voulait pas, a dit Nadia. Elle disait que c'était trop dangereux, qu'il y avait des morceaux de verre qui traînaient partout.

– Elle avait pas tort…

– Mon père disait qu'elle était trop protectrice. Il lui répétait tout le temps que j'étais pas en sucre, qu'elle m'étouffait. Je me souviens qu'ils se disputaient à cause de ça.

– Ça te rendait triste ?

– Pas vraiment. Je croyais que c'était normal. Et puis, ils ont divorcé. Ils ne se disputent jamais tes parents ?

– Pas souvent…

J'ai tendu la main vers Nadia. Elle l'a attrapée du bout des doigts et on s'est balancés doucement, nos doigts entrelacés. C'était agréable.

– Je peux savoir ce que vous faites ? a demandé une voix d'homme de l'autre côté de la palissade. Vous n'avez pas le droit de vous trouver ici !

Nadia a lâché ma main. On est descendus de la balançoire. Derrière la palissade, le gardien du parc nous attendait. C'était un grand type avec des cheveux châtains, qui avait l'air au bout du rouleau. Dans sa main droite, il tenait une laisse et au bout de la laisse…

– Ringo ! me suis-je écrié.

Nadia a couru vers lui, soulagée. Elle s'est accroupie pour lui grattouiller le menton.

– Tu sais qu'on t'a cherché partout ?

– C'est le chien de ma voisine, ai-je expliqué. Il s'est enfui pendant que je le promenais. Vous l'avez trouvé où ?

– Dans ma loge, a répondu le gardien. Il…

Il aime bien me rendre visite, parfois. On se connaît depuis longtemps tous les deux.

Il m'a tendu la laisse et il a tourné les talons avant que je puisse le remercier.

★

John-John et Fatou n'étaient plus à la grille. Ils nous avaient lâchés malgré les menaces de Nadia… J'ai acheté deux gaufres au marchand et j'en ai tendu une à Nadia. On les a mangées en silence pendant que je la raccompagnais chez sa mère. Alors qu'elle introduisait la clé dans la serrure, j'ai dit :

– Je ne sais pas s'il y aura une prochaine fois mais si c'est le cas…

– On sera rien que nous deux, c'est promis !

Sur le chemin du retour, j'ai voulu mettre les choses au point avec Ringo.

– Je suis très déçu par ton attitude. Mais on est bien d'accord que, toute cette histoire, ça reste entre toi et moi ?

– Vvvoooofffff.

– Parfait.

Personne ne m'attendait en bas de chez moi.

Venant de Youssef, ça m'a fait de la peine.

En entrant dans l'appartement de Julia, je ne m'attendais pas à la trouver chez elle. Elle était assise tranquillement sur son canapé. Elle portait un peignoir en éponge bleu par-dessus un bas de survêtement et regardait la télé en mangeant des bonbons.

– Salut, Lino.

– Vous n'êtes pas au travail ? ai-je demandé.

– J'ai démissionné.

– Ah…

– J'en avais marre de me faire hurler dessus par un type qui ne me mérite pas.

– Mon père dit que c'est pour ça qu'il ne veut pas de patron.

– Il a foutrement raison. Ça s'est bien passé avec Ringo ?

J'ai détaché la laisse et le chien a sauté sur le canapé. Il s'est affalé contre Julia et s'est mis instantanément à ronfler pendant qu'elle lui grattait le haut du crâne.

– Je vais y aller, j'ai dit.

– Attends, je te dois de l'argent.

Elle s'est levée pour prendre son portefeuille dans son manteau. Elle a sorti un billet et me l'a tendu.

– Tes copains étaient en bas de l'immeuble quand je suis rentrée. Je leur ai dit de ne pas s'inquiéter.

J'ai tenté de réfléchir à toute vitesse. Vérité

ou bobard ? Ça se bousculait dans mon cerveau.

Elle a pointé Ringo du doigt.

– Il était chez le gardien, c'est ça ?

J'ai hoché la tête.

Elle a ouvert la porte mais, avant de me laisser sortir, elle m'a demandé :

– Est-ce qu'il t'a dit quelque chose ?

– Qui ça ?

– Le gardien…

J'ai secoué la tête. J'aurais voulu lui faire plaisir, lui annoncer qu'ils allaient se rabibocher, elle et lui, mais la vérité, c'est que je n'en avais aucune idée. Julia a eu l'air triste et déçue, puis elle s'est reprise, comme si elle sortait d'un mauvais rêve.

– Garde les clés, m'a-t-elle dit, je te ferai signe quand j'aurai besoin de toi pour Ringo, OK ?

– OK.

Je suis redescendu chez moi en courant dans les escaliers. J'ai mis la main dans ma poche et j'ai serré le billet dans mon poing. C'était pas énorme mais c'était mieux que rien. J'ai calculé qu'il faudrait promener Ringo un paquet de fois avant de pouvoir m'acheter la console dont je rêvais. Mais je m'en fichais, je l'aimais bien ce chien. Et le plus important, c'est que je n'avais plus besoin de prétexte pour inviter Nadia à se balader avec moi.

# La soirée pyjama

Pour mon anniversaire, je voulais organiser une soirée pyjama. Papa n'était pas tellement emballé, sous prétexte qu'on allait mettre le souk et qu'il n'y avait que lui qui rangeait dans cette maison. J'ai pleurniché pendant des jours, alors mes parents ont fini par accepter d'en discuter tous les deux.

– C'est d'accord, a annoncé maman, un soir. Tu peux inviter quatre copains.

– Quatre ?! Mais quatre, c'est pas assez !

– C'est ça ou rien, Lino, a déclaré papa. Notre appartement, c'est pas Versailles. Je ne sais même pas comment vous allez tenir à cinq dans ta chambre…

Comment j'allais faire pour choisir quatre copains ? Ou plutôt trois, puisqu'il était hors de question de ne pas inviter Youssef, mon meilleur ami, mon frère. J'ai voulu protester, mais maman m'a lancé un regard qui m'a découragé, celui qu'elle m'adresse quand je m'apprête à pousser le bouchon trop loin.

– Et interdiction de toucher à mes vinyles, a ajouté papa, comme si mes copains et moi, on s'intéressait aux vieux pianistes de jazz…

Il y a des moments où je trouvais mes parents vraiment nuls.

Le lendemain, pendant la récré, John-John nous a surpris dans les toilettes, Youssef et moi, en train de discuter de mon anniversaire.

– Tu organises une soirée pyjama ? a-t-il demandé, soupçonneux.

– Chut ! Moins fort…

– Il y aura qui ? a-t-il chuchoté.

– Je ne sais pas encore.

– Moi, je suis invité, a dit Youssef.

– Alors, tu es obligé de m'inviter aussi, a déclaré John-John.

– Je ne suis obligé de rien du tout, ai-je rétorqué.

– Je suis ton meilleur ami, tu n'as pas le choix.

– Pardon ?! s'est étranglé Youssef.

– C'est Youssef, mon meilleur ami, ai-je rectifié.

– Bien sûr, a dit John-John en me faisant un clin d'œil, mais tu vois ce que je veux dire, hein…

– Pas du tout.

Re-clin d'œil et sourire en coin.

– Pas de problème, on en reparle plus tard…

Je connaissais John-John par cœur. À ce petit jeu-là, c'était le plus fort. Il était capable de me pourrir la vie jusqu'à obtenir ce qu'il voulait.

– C'est bon, ai-je soupiré.

– C'est bon quoi ?! s'est écrié Youssef.

– Je t'invite, ai-je dit à John-John.

– Évidemment que tu m'invites ! Il y aura qui d'autre ?

– Je ne sais pas encore, ai-je avoué.

– Tu devrais inviter Milan, il offre des super cadeaux.

– Sa mère travaille dans un magasin de jouets, a expliqué Youssef.

– Et Vikash ? ai-je demandé.

– Ça sert à rien, a dit John-John, il ne viendra pas. Il refuse de dormir dans un autre lit que le sien.

– C'est vrai qu'il n'est pas venu en classe verte l'année dernière.

Mme Carli nous avait dit que Vikash avait attrapé la grippe et je ne vois pas pourquoi elle nous aurait menti.

– Je parie que si je l'invite, il viendra.

– Comme tu veux… a soupiré John-John.

– Pourquoi tu ne choisis que des garçons ? a demandé Youssef. Tu pourrais demander à Nadia, à Fatou ou à Tulipe…

On l'a regardé comme s'il avait perdu la tête.

– Pas question de me retrouver en pyjama devant les filles, a dit John-John.

Youssef a haussé les épaules. Ça lui était bien égal, il avait toujours la classe.

– Bon, ai-je résumé, ça fait vous deux, Vikash et moi.

– Plus qu'une place et on sera au complet, a dit Youssef, juste au moment où la cloche sonnait.

De retour en classe, on a décidé de tirer au sort. J'ai inscrit les prénoms de Khalil, Andres, Lou, Milan, Robin et Victor sur des bouts de papier. Je les ai pliés en quatre avant de les placer dans ma trousse. Youssef, le plus honnête d'entre nous, a fermé les yeux. Il a plongé une main innocente dans la trousse et…

– Alors ?

– Andres, a-t-il annoncé.

– Alors ? a demandé John-John.

– Andres, ai-je chuchoté.

– Pffff… a fait John-John.

– Pourquoi tu dis ça ? Il est super !

– Il est pas marrant.

– Je ne suis pas toujours marrant non plus, a reconnu Youssef.

– Comme vous voulez, a-t-il ronchonné, mais faudra pas vous étonner si on s'ennuie…

★

J'avais passé la semaine à imaginer ma soirée, comment ça se passerait et à quoi on jouerait. J'avais décidé de faire un programme des activités, histoire qu'on n'ait pas le temps de s'ennuyer une seconde. Je l'avais recopié en cinq exemplaires sur du papier de couleur. Ça claquait :

Le jour même, vers 16 heures, la mère de Vikash a appelé pour dire qu'il avait la grippe. Non seulement John-John avait raison, mais il était trop tard pour remplacer ce gros lâcheur de Vikash.

J'ai vérifié une dernière fois que j'avais bien planqué toutes mes peluches et mes Playmobil dans le fond de ma penderie, puis je me suis assis sur le canapé et j'ai attendu mes invités.

À 18 heures pile, on a sonné à la porte.

– Joyeux anniversaire ! a dit Youssef en me tendant un paquet cadeau.

C'était un livre.

Je le savais sans même l'ouvrir. Youssef n'offre que des livres.

– J'espère que tu ne l'as pas déjà, a-t-il dit, fébrile, pendant que je déchirais l'emballage.

Il y avait très peu de chances pour que je l'aie. Les seuls bouquins dans ma chambre étaient ceux qu'il m'avait offerts et ceux que papa avait écrits.

– *Bjorn le Morphir*... ai-je lu sur la couverture.

– Tu vas adorer, m'a-t-il dit.

C'est vrai que ç'avait l'air cool. J'ai remercié Youssef et je suis allé accueillir Andres et John-John qui venaient d'arriver.

– Tiens, m'a dit John-John en me tendant une enveloppe froissée.

À l'intérieur se trouvait un billet de banque plié en quatre.

– Mon père n'a pas eu le temps d'acheter un cadeau, m'a-t-il expliqué.

Le cadeau d'Andres était super. C'était une reproduction du Système solaire en 3D à accrocher au-dessus de mon lit. J'avais vraiment bien fait de l'inviter. J'ai distribué mon programme et je les ai laissés prendre connaissance de la soirée de folie qu'on allait passer tous les quatre.

– Alors ? Pas mal, hein ?

– Je n'ai pas le droit de jouer à la console, a déclaré Andres.

– Tu nous regarderas, lui a dit John-John.

– Excellent programme, m'a félicité Youssef.

– Pour le film, est-ce que tu as *Chucky, la poupée tueuse* ?

– Il faut que je vérifie sur l'ordi de ma mère, ai-je répondu, même si j'étais certain qu'il n'y était pas.

– Je ne peux pas regarder de films violents, a dit Andres.

– Tu aurais dû inviter Milan, m'a soufflé John-John assez fort pour que tout le monde l'entende.

Avec maman, on avait choisi trois films. Les copains décideraient celui qu'on regarderait. Papa avait essayé de nous imposer ses vieux trucs que personne n'avait envie de voir.

– Le premier *Ghostbusters*, c'est un classique. Ou alors, les *Indiana Jones* ! L'histoire d'un archéologue aventurier, c'est pas une idée géniale ?

– Peut-être que c'est un peu… daté, avait insinué maman.

– Daté ?! s'était étranglé papa.

– Ringard, avais-je expliqué.

– Les chefs-d'œuvre ne vieillissent pas, avait-il martelé. C'est même à ça qu'on les reconnaît !

– Je veux bien, avait admis maman, mais je suis sûre qu'on peut trouver quelque chose de plus… actuel.

Papa avait grommelé que personne n'avait plus aucune mémoire, que c'était pour cela que le monde ne tournait pas rond et blablabla. Au final, on s'était mis d'accord sur un *Spider-Man*, un *Harry Potter*, le dernier Pixar et, finalement, maman avait ajouté *Indiana Jones et la dernière croisade* à la liste pour faire plaisir à mon père.

★

– Ça vous dit une partie de Uno ?

– Pourquoi pas, a dit Youssef.

– Jamais joué, a déclaré Andres.

J'ai repensé au Système solaire et je me suis

dit qu'il ne vivait pas sur la même planète que nous.

– Je vous préviens, je suis super fort, a frimé John-John.

On s'est installés autour de la table du salon et Youssef a commencé à distribuer les cartes tout en expliquant les règles à Andres.

– J'ai une idée, a dit John-John.

Je l'ai fusillé du regard, histoire de lui rappeler que c'était ma soirée et pas la sienne, mais il m'a ignoré.

– Celui qui gagne le plus de parties a le droit de choisir le film, a-t-il poursuivi.

Ce n'était pas une si mauvaise idée que ça.

D'autant que j'étais vraiment fort au Uno.

– Ça me va, a dit Andres.

Youssef et moi avons acquiescé et John-John s'est frotté les mains comme si c'était déjà dans la poche.

La première partie a été serrée. John-John et moi, on s'est livré une bataille sans merci, à coups d'attaques et de changements de couleur. De son côté, Youssef essayait de se la jouer stratège mais il devait piocher sans arrêt. Pendant ce temps-là, Andres posait tranquillement ses cartes les unes après les autres. Quand on s'est rendu compte qu'il s'apprêtait à déposer la dernière sur la table, c'était trop tard, il avait gagné.

– Je distribue, a dit John-John en ramassant le paquet.

J'avais un jeu affreux. J'ai eu envie de balancer mes cartes à travers le salon. Chaque fois que je jouais avec mes parents, je les écrasais, et là, comme par hasard, j'étais nul.

Andres a de nouveau gagné les doigts dans le nez, alors John-John a commencé à râler. Moi aussi, je commençais à en avoir marre de perdre. Quand il a remporté sa troisième partie de suite, j'ai proposé qu'on en reste là.

– Tu es vachement fort, a dit Youssef à Andres.

– Pffff, la chance du débutant, a pesté John-John en levant les yeux au ciel.

J'ai rangé les cartes et sorti ma console. J'avais uniquement le droit d'y jouer le week-end et pendant les vacances. Le reste du temps, je devais la ranger dans son carton parce que maman trouvait que ça prenait la poussière.

– J'ai un jeu de voitures, un jeu de combat et un jeu de réflexion, ai-je annoncé en sortant les cartouches de leur boîtier.

Le jeu de réflexion, je n'y avais joué qu'une fois parce qu'il était atrocement ennuyeux. J'étais à peu près sûr que Youssef choisirait celui-là, alors j'ai demandé à Andres lequel il préférait.

– Il s'en fout, il n'a pas le droit de jouer, a dit John-John.

– Ça ne l'empêche pas d'avoir un avis, ai-je rétorqué.

– Ouais, ça ne m'empêche pas, a dit Andres.

– On pourrait faire une partie de chaque, a proposé Youssef.

– On pourrait, ai-je reconnu.

– Ou alors, a dit John-John, on fait un bras de fer et celui qui gagne peut choisir.

C'est comme ça qu'Andres a décidé qu'on jouerait à *Dead Fighters III*. Sur la boîte, deux personnages super musclés s'apprêtaient à se bastonner.

C'est mon tonton Vince, le petit frère de maman, qui me l'avait offert. Je l'adore, tonton Vince. Il faudra que je vous parle de lui, un jour.

Papa n'aime pas non plus que je joue à *Dead Fighters III*. Il dit que ce jeu prône la violence gratuite, mais une nuit, alors que je m'étais levé pour aller aux toilettes, je l'ai surpris en train de faire une partie…

Sur les conseils d'Andres, Youssef a choisi une sorte de petit troll vert et poilu qui n'avait pas l'air très impressionnant, surtout en face du personnage de John-John, un cyclope géant qui tenait une énorme massue dans sa main droite.

– Je vais te dégommer, a dit John-John.

Le cyclope a fait tournoyer sa massue au-dessus de sa tête et l'a abattue sur le crâne du troll.

– Prends ça !

Andres s'est penché vers Youssef et lui a glissé un truc à l'oreille. Le troll s'est approché du cyclope, puis l'a saisi par la cheville avant de l'envoyer valser de l'autre côté de l'écran. Ensuite, il a sauté à pieds joints sur le visage de son adversaire jusqu'à ce que celui-ci ressemble à de la gelée de groseille.

– Victoire de Youssef ! s'est exclamé Andres.

– C'est de la triche ! a crié John-John.

– Comment tu as fait ? ai-je demandé à Youssef.

– Haut, haut, bas, droite, croix, a-t-il répondu.

– Hein ?

– C'est une combinaison, a dit Andres.

Il nous a expliqué qu'il regardait des vidéos de joueurs sur Internet et qu'il notait les trucs et astuces dans un carnet.

– Tu regardes des vidéos de gens qui jouent alors que t'as pas le droit de jouer ? ai-je demandé.

– J'aime bien, s'est-il justifié.

– Je joue contre Lino, a déclaré John-John.

– Ah non, a dit Andres, celui qui gagne garde la manette. Et Youssef a gagné, donc c'est à lui de jouer contre Lino.

John-John m'a tendu sa manette en râlant.

– Il est toujours temps de le remplacer par Milan, m'a-t-il chuchoté en jetant un regard assassin en direction d'Andres.

Youssef a voulu changer de personnage. Il a longuement hésité avant de choisir une princesse. Moi, j'ai pris le troll en espérant avoir retenu la combinaison qui tue.

– T'es foutu, Lino… a dit John-John.

– Pourquoi ?

– Il paraît que la princesse a une attaque secrète incroyable. Et je parie qu'il la connaît, a-t-il dit en pointant un doigt accusateur sur Andres.

– Bas, bas, coup de poing, bas, haut, a confirmé Andres.

Avant que je puisse faire quoi que ce soit, la princesse de Youssef sortait un grand couteau de sa poche, s'avançait vers mon troll et le découpait en rondelles.

J'ai lancé la manette à John-John, dégoûté, et j'ai dit que j'allais chercher des boissons. La vérité, c'est que j'avais besoin de me calmer. Ça me gonflait de perdre tout le temps. Je trouvais que mes invités auraient au moins pu me laisser gagner une partie. Ils jouaient avec mes jeux, dans ma maison. C'était mon anniversaire, quand même !

Maman buvait un verre de vin blanc en déroulant des colonnes de chiffres sur l'écran de son ordinateur. Papa lisait un roman, un œil sur la sauce « al ragù » qui frémissait dans une grande casserole.

– C'est bientôt prêt, m'a-t-il averti.

J'ai pris une petite cuillère dans le tiroir, puis je l'ai trempée dans la sauce. Elle avait presque le même goût que celle de mamie. Ensuite, je me suis assis à table avec eux et j'ai poussé le plus long soupir dont j'étais capable.

– Tout va bien ? m'a demandé maman, pardessus son écran.

– Mmmm…

– C'est-à-dire ? a insisté papa en retournant son livre ouvert sur la table.

– Rien, ai-je répondu.

– Vous avez touché à mes disques ? Tu sais que je ne veux pas qu'on touche à mes disques, m'a-t-il rappelé pour la millième fois.

– Personne ne veut toucher à tes vieux machins pleins de poussière, a soupiré maman.

– Certains de ces vieux machins valent une fortune, a ronchonné papa.

– J'en ai marre de jouer avec eux, ai-je dit en indiquant le salon d'un coup de menton.

– Ça tombe mal, a répondu maman, ils sont là pour la nuit.

– Je n'ai jamais le droit de choisir à quel jeu on joue. Et je n'arrête pas de perdre…

– L'important n'est pas de gagner mais de participer, a dit papa en allant touiller la sauce.

Maman a levé les yeux au ciel. Elle a fermé son ordinateur et s'est penchée vers moi.

– Écoute, quand on a des invités chez soi, on essaie de faire en sorte qu'ils se sentent accueillis, tu comprends ?

Pas tellement. Mais j'ai hoché la tête quand même. Je me rappelais surtout que, les fois où j'allais chez John-John, il ne me laissait rien choisir du tout et qu'Andres ne m'avait carrément jamais invité chez lui. Youssef, c'était pas pareil, parce que Youssef, c'est comme mon frère.

– De toute façon, a dit papa, les pâtes sont prêtes.

Quand je suis revenu dans le salon, John-John venait de se faire étriller une nouvelle fois. Son personnage, une bestiole avec des cornes et des tentacules, reposait sur le sol, fendu en deux parties parfaitement symétriques.

– Venez, j'ai fait, c'est l'heure de manger.

– Déjà ? a dit Youssef qui s'amusait comme un fou.

J'ai rangé la console dans sa boîte tandis qu'Andres expliquait aux deux autres toutes les combinaisons mortelles qu'il connaissait.

– Apprends-moi ! l'a supplié John-John.

Pendant le repas, tout le monde a complimenté papa pour sa sauce, sauf John-John qui l'a trouvée un peu trop salée à son goût. Mon père a souri poliment mais j'ai bien vu qu'il hésitait à lui faire avaler ses pâtes par les narines.

– Alors, a demandé maman, quel film allez-vous regarder ?

– C'est Andres qui décide, ai-je répondu, histoire de lui montrer que je prenais soin de mes invités.

– Est-ce que vous avez *Chucky, la poupée tueuse* ? a voulu savoir John-John.

Maman a fait comme si elle n'avait rien entendu. Elle disait toujours qu'il fallait être compréhensif vis-à-vis de John-John parce qu'il n'avait plus de maman.

– Lino vous a dit qu'on avait préparé une petite sélection ?

Papa a toussoté.

– Le papa de Lino a également participé, a ajouté maman.

J'ai sorti la liste de ma poche et j'ai cité les films qu'on y avait inscrits.

– Je peux vous résumer *Indiana Jones et la dernière croisade*, si vous voulez, a proposé mon père.

– C'est le film préféré de mon oncle, a dit Andres.

– Ah, vous voyez ?! s'est exclamé papa, en nous prenant à partie, maman et moi. Je suis certain qu'on aurait plein de choses à se dire, avec ton oncle, Andres !

– Possible, a reconnu celui-ci. Mais là, on ne le voit plus tellement parce que maman trouve qu'il boit trop et qu'il a une mauvaise influence sur mon père.

Papa a ouvert la bouche pour dire quelque chose, avant de renoncer et de se mettre à débarrasser la table.

– Bon, a dit John-John, on regarde quoi ? Tu veux qu'on décide à ta place ?

– J'ai lu d'excellentes critiques sur le Pixar, a dit Youssef.

– Il paraît que le *Spider-Man* est super, j'ai fait, l'air de rien.

– J'ai envie de voir à quoi ressemble le truc de ton père, a déclaré Andres.

– Oh non, pas le film de vieux ! s'est écrié John-John.

J'ai vu maman poser sa main sur le bras de papa.

– Si ça ne vous plaît pas, vous pourrez toujours changer, a-t-elle dit.

★

On s'est installés au salon. Maman a branché l'ordinateur tandis que papa nous préparait du pop-corn. J'ai laissé Andres et Youssef s'asseoir sur le canapé. John-John et moi, on s'est couchés sur les coussins qu'on avait étalés sur le sol.

Au final, le film était plutôt chouette. John-John a même eu peur une fois ou deux.

Ensuite, on a enfilé nos pyjamas, on s'est brossé les dents et chacun est passé aux toilettes pendant que les autres gonflaient les matelas pneumatiques. Quand papa et maman sont venus nous dire bonne nuit, Andres leur a demandé de laisser la porte entrouverte et la lumière dans le couloir, au cas où il devrait encore faire pipi durant la nuit.

Mes parents avaient à peine quitté la chambre que John-John a sauté sur son matelas.

– BATAILLE D'OREILLERS !

Il a balancé le sien dans la tronche de Youssef qui n'a pas eu l'air d'apprécier.

– Ça va mal finir… a dit Andres.

J'ai envoyé mon oreiller sur le crâne de John-John. Youssef s'est joint à la bagarre tandis qu'Andres répétait qu'on allait se faire mal.

Maman a débarqué dans la chambre. Elle nous a grondés, puis elle nous a prévenus que, si elle devait revenir, ça allait barder. Elle a éteint la lumière et elle a fermé la porte malgré les protestations d'Andres.

J'avais la tête qui tournait, les oreilles qui bourdonnaient et je crevais de chaud.

John-John a chuchoté qu'il avait une super idée.

– Et si on faisait une nuit blanche ?

– Tu veux dire, ne pas dormir du tout ? a demandé Youssef.

– Jusqu'à ce que le jour se lève, a dit John-John.

Andres a expliqué que les nuits blanches réduisaient l'espérance de vie. Youssef a confirmé qu'il avait lu un truc à ce propos.

– Le manque de sommeil abîme les cellules du cerveau, a-t-il ajouté.

Des cellules, j'en avais des tonnes. En revanche, je me demandais comment on allait pouvoir rester éveillés aussi longtemps.

– On va se raconter des histoires qui font peur, a dit John-John.

– Je ne sais pas trop, a fait Youssef. Quand je ne dors pas assez, j'ai la nausée… En plus, on a un contrôle d'algèbre lundi.

Je me suis tourné vers Andres pour savoir ce qu'il en pensait, mais il dormait déjà.

– OK, ai-je chuchoté, nuit blanche !

John-John nous a annoncé que son histoire

foutait tellement les chocottes qu'il préférait la garder pour la fin.

– Vas-y, ai-je dit à Youssef, commence !

Il a réfléchi un moment, puis nous a annoncé qu'il allait nous raconter un horrible cauchemar qu'il faisait régulièrement depuis quelques années.

– Je préfère vous prévenir, nous a-t-il dit, c'est vraiment effrayant…

John-John et moi, on s'est blottis sous nos couvertures, prêts à claquer des dents et à sursauter.

– Ça se passe le matin de l'élection des délégués de classe, a commencé Youssef. Je me vois dans mon lit, en train de me réveiller. Je prends mon petit-déjeuner, je me douche et jusque-là, tout est normal. En ouvrant ma penderie pour m'habiller, je découvre un veston noir, en laine vierge avec une doublure de soie rouge vif. Une merveille.

– Tu rêves de fringues ? a demandé John-John.

– Ce qui est étrange, a-t-il poursuivi, c'est que ce veston n'est pas à moi. Il est apparu dans ma garde-robe comme par magie…

Il a fait une pause de quelques secondes afin qu'on réalise à quel point ce serait étrange de trouver dans nos fringues un vêtement qui ne nous appartient pas.

– Je l'enfile, et en m'observant dans le miroir je me dis qu'avec une classe pareille je ne peux pas perdre les élections.

– Ça ne fait pas du tout peur, ton truc, a protesté John-John.

– Attends la suite, a dit Youssef. Donc, je quitte la maison, certain de mon succès, et alors que je m'approche de l'école j'aperçois des dizaines de pigeons qui volent au-dessus de ma tête.

Papa m'avait parlé d'un film dans lequel une femme se faisait attaquer par des centaines d'oiseaux. J'ai pensé que l'histoire de Youssef allait peut-être enfin devenir intéressante.

– Tout à coup, sans prévenir, tous les pigeons se mettent à… à, euh… vous voyez, quoi ?

– Pas trop, a marmonné John-John.

– À déféquer, a chuchoté Youssef.

– Tu veux dire qu'ils te font caca dessus ?

– Des dizaines de pigeons. En même temps. Sur mon veston noir ! Je suis couvert de… fientes.

John-John a éclaté de rire.

– Quand j'arrive en classe, tout le monde se moque de moi…

– Même moi ? ai-je demandé, sincèrement peiné.

– Même toi, a dit Youssef. Tout le monde rigole. Je vais au tableau, je mets ma main dans la poche intérieure et je me rends compte que j'ai laissé mon discours dans la poche de mon veston bleu marine, celui que je mets d'habitude. Alors Mme Carli se fâche. Pire, elle me dit que je la déçois beaucoup.

– Mme Carli ne s'énerverait jamais contre toi, a soupiré John-John.

– Ensuite, elle nous annonce que c'est Vikash qui remporte les élections et je me réveille en sursaut… Horrible, hein ?

Heureusement qu'il faisait sombre dans la chambre parce que, si Youssef avait vu nos têtes, il aurait compris que son cauchemar était l'histoire la plus ennuyeuse de toute l'histoire des cauchemars.

– Brrrr, ça fait froid dans le dos… ai-je dit pour briser le silence qui a suivi.

– Je crois que les pigeons symbolisent la jalousie des autres envers mon style, a-t-il déclaré.

Andres a grogné dans son sommeil.

– À toi, m'a lancé John-John.

Je ne connaissais pas d'histoire effrayante. Je n'avais jamais vu de film d'horreur parce que maman détestait ça et que papa estimait que ce n'était pas de mon âge. J'ai prétexté une pause pipi, histoire de gagner du temps.

Assis sur les toilettes, j'ai fouillé ma mémoire à la recherche d'un truc à raconter. Mes cauchemars n'étaient pas plus intéressants que ceux de Youssef. La plupart du temps, je rêvais que je me retrouvais tout nu à l'arrêt de bus, à la caisse du supermarché ou devant chez Nadia, et je me réveillais juste au moment où elle ouvrait la porte d'entrée.

– Bon, j'ai dit en revenant des toilettes, je n'ai pas d'histoire à raconter.

– Quoi ? s'est écrié John-John. C'est de la triche, on doit tous en raconter une, c'est la règle.

– Quelle règle ? ai-je rétorqué. Celle que tu viens d'inventer ?

– Chut ! Parlez moins fort ! On devrait peut-être dormir, a dit Youssef. Je parie qu'il est super tard…

– Pas question ! a dit John-John.

– C'est pas à toi de décider si on dort ou pas. Je te rappelle que c'est ma soirée pyjama.

– Puisque c'est comme ça, je ne vous la raconte pas, mon histoire !

– Bah, justement, peut-être qu'on n'a pas envie de l'entendre, ton histoire !

– Il doit être minuit passé, a dit Youssef.

Tout le monde s'est tu pendant une éternité. Allongé dans mon lit, je tendais l'oreille pour vérifier que les autres étaient toujours bien éveillés. J'avais l'impression que, dans le noir, le temps passait plus lentement. Au bout d'un moment, Youssef a commencé à ronfler.

– Lino, a chuchoté John-John, tu dors ?

J'ai décidé de ne pas répondre. J'en avais marre qu'il décide toujours de tout.

Il y a de nouveau eu un silence qui m'a paru interminable. Puis, sans que je m'y attende, John-John s'est mis à parler à voix basse…

– Quand ma mère est morte, mon père, ma sœur et moi, on allait au cimetière toutes les semaines. On y allait le samedi matin, juste après le petit-déjeuner. Ensuite, on rentrait à la maison et papa s'enfermait dans son bureau jusqu'au repas du soir. Devant la tombe, il parlait à maman comme si elle était capable de l'entendre. Il lui expliquait comment on se débrouillait sans elle. On aurait dit qu'il lui en voulait de nous avoir quittés. Meredith racontait les trucs qui lui arrivaient au collège, les disputes avec ses copines, ce genre de choses. Moi, je ne disais rien…

Il s'est interrompu.

Toute la classe était au courant que John-John avait perdu sa mère quand il était petit, même si, lui, il n'en parlait jamais. D'ailleurs, je crois que personne ne savait vraiment de quoi elle était morte.

– J'avais envie de parler à maman mais je n'y arrivais pas, a-t-il repris. Alors, une nuit, je suis sorti de la maison en cachette pour aller au cimetière. Je suis passé entre les barreaux de la grille de l'entrée et j'ai cherché l'endroit où elle est enterrée. Il faisait tout noir, il y avait des bruits bizarres mais je n'avais pas peur…

Ça me paraissait impossible qu'un enfant de sept ans s'échappe de chez lui, marche pendant vingt minutes en pleine nuit pour se faufiler dans un cimetière.

– Je ne sais pas trop comment j'ai fait, mais

j'ai fini par arriver devant sa tombe. Je me suis assis sur la pierre. Je me suis mis à pleurer parce que j'avais froid et que je n'étais pas sûr de pouvoir retrouver mon chemin. J'ai crié « maman » plusieurs fois et ma voix a résonné dans tout le cimetière. C'est à ce moment-là qu'elle est apparue.

Chez eux, il y avait une photo de sa mère collée sur le frigo de la cuisine. Elle tenait John-John dans ses bras. Meredith lui donnait la main avec cet air blasé qu'elle a toujours. La mère de John-John souriait, elle avait l'air gentille et tout, mais je me suis dit que, si son fantôme apparaissait devant moi, j'aurais probablement envie de m'enfuir en hurlant.

– Maman m'a parlé très doucement, a repris John-John. Elle m'a expliqué que c'était normal d'être triste, mais qu'elle serait toujours là pour moi quand j'en aurais besoin. Sa voix était exactement la même que quand elle était en vie.

Celle de John-John a progressivement baissé pour ne plus devenir qu'un murmure.

– Après cette nuit, maman est venue dans ma chambre chaque fois que je l'ai appelée.

Il a bâillé.

– Elle pourrait venir ici, maintenant, si je lui demandais… Mais t'inquiète pas, je ne vais pas le faire. Ça te ferait beaucoup trop flipper.

Il a remonté la couette sur ses épaules et s'est tourné vers le mur.

– Je ne vais pas le faire, a-t-il répété, tandis que sa voix s'évanouissait.

À travers l'espace qui séparait mon store de la fenêtre, un mince filet de lumière s'était faufilé et courait sur le mur de la chambre. Désormais, tout le monde dormait sauf moi. Andres a ouvert brusquement les yeux. Il m'a regardé pendant un court instant avant de les refermer.

J'ai pensé que demain allait être une journée bizarre, avant de réaliser qu'on était déjà demain. Tout à coup, je me suis senti épuisé.

★

– Ah, enfin, m'a dit papa quand j'ai ouvert les yeux. Ça fait un moment qu'on essaie de te tirer de ton lit.

Il a ajouté qu'il était plus de 11 heures et qu'Andres et Youssef étaient déjà rentrés chez eux. John-John était assis dans le salon, il avait ressorti ma console de son carton et jouait à *Dead Fighters III*.

– Salut, m'a-t-il dit, sans quitter l'écran des yeux.

Son troll était en train de se faire dégommer par un personnage avec des bras énormes et une tête de requin.

– J'attendais que tu sois réveillé pour m'en aller.

Il m'a tendu la manette et s'est levé pour s'étirer.

– Dommage que vous vous soyez tous endormis hier soir, vous n'avez pas pu entendre mon histoire.

Ses yeux ont croisé les miens et j'ai compris ce que son regard me demandait.

– Ouais, dommage.

– Je vais demander à mon père si je peux organiser une soirée pyjama à la maison. Je suis sûr qu'il dira oui.

– Si tu m'invites, je viendrai, ai-je dit.

– Je suis obligé de t'inviter.

Il a marqué un temps, puis il a ajouté :

– Tu es mon meilleur ami.

John-John a attrapé son sac et s'est dirigé vers la porte d'entrée.

– À lundi, m'a-t-il lancé avant de disparaître.

Je me suis levé pour aller prendre mon petit-déjeuner mais, une fois debout, mon corps m'a paru peser une tonne. Je me suis rassis dans le canapé, avant de m'allonger et de tirer sur moi la couverture que maman met autour de ses épaules quand elle regarde des séries.

Youssef est comme mon frère, me suis-je dit, et John-John est mon meilleur ami.

Cette pensée m'a fait sourire et je me suis rendormi.

# Elafonìsi

On se les gelait en attendant que la cloche sonne quand Vikash a débarqué dans la cour en s'écriant :

– Hé, vous avez vu ce truc garé devant l'école ?

Je n'aime pas trop parler le matin, encore moins les matins d'hiver. Je trouve ça cruel de devoir se lever si tôt pour aller à l'école alors qu'il fait encore nuit dehors et que les trottoirs sont glissants. Le monde se porterait mieux si on décidait tous de rester au chaud sous notre couette. J'ai quand même jeté un coup d'œil à travers la grille.

– C'est juste un camping-car, a dit Youssef.

– Il est trop cool ! a déclaré Nadia.

J'en avais déjà croisé sur la route des vacances. Je m'étais toujours demandé à quoi ressemblait l'intérieur.

– Je parie que mon père pourrait s'en payer un s'il le voulait, a déclaré John-John.

Vous le connaissez, il ne peut pas s'empêcher de frimer.

– Ton père ne pourrait même pas se payer le volant, a répliqué Tulipe.

John-John a fait mine de répondre, puis il a détourné le regard. Je le trouvais en petite forme ces derniers temps. Le froid et le manque de lumière devaient le déprimer lui aussi.

– Regardez ! a dit Vikash.

Une fille est descendue du camping-car et s'est avancée vers la grille. Elle était petite, plus petite que Robin qui était pourtant le plus petit de la classe. Ses cheveux étaient coupés très court. Ses vêtements avaient l'air de sortir tout droit de la boutique, comme si elle les portait pour la toute première fois. Une femme lui a pris la main. Elles se sont toutes les deux dirigées droit vers l'entrée du bâtiment avant de s'engager dans le couloir où se trouvait le bureau du directeur.

– Trop belle, a dit Tulipe, sans qu'on sache si elle parlait de la fille ou de la dame qui l'accompagnait.

– Sûrement une nouvelle, a soufflé Youssef dans un nuage de buée.

– Si ça se trouve, elle sera dans notre classe, ai-je dit.

Quand la cloche a sonné, on s'est précipités à l'intérieur de l'école comme si une surprise nous y attendait.

★

Le directeur a frappé à la porte de notre classe, puis, sans attendre, il est entré avec la fille qu'on avait vue traverser la cour. À côté de lui, elle avait l'air encore plus petite que tout à l'heure.

– Levez-vous, nous a dit Mme Carli.

– Restez assis, nous a ordonné le directeur.

John-John s'est levé d'un bond puis s'est laissé tomber sur sa chaise et tout le monde s'est marré.

Le directeur a posé une main sur l'épaule de la nouvelle.

– Les enfants, nous a-t-il annoncé, je vous présente Elifa… Elofina… Elafino… Euh…

– Elafonìsi, a dit celle-ci. Mais vous pouvez m'appeler Ela.

Elle avait la voix rauque et un air absent. Le genre qu'ont les actrices dans les vieux films en noir et blanc qu'adore papa. Le directeur a froncé les sourcils avant de se passer la main dans les cheveux pour masquer son embarras.

– Eli… Elafi… Enfin, Ela va rester parmi nous quelque temps. Je compte sur vous pour lui faire le meilleur des accueils, a-t-il déclaré.

Visiblement contrarié, il s'est dirigé vers la porte en marmonnant « Restez assis », avant de quitter la classe.

– Tu peux t'installer là, a dit Mme Carli à Ela, en lui indiquant la place libre à côté de John-John.

Il était censé rester seul sur un banc pour éviter de bavarder mais cela ne servait à rien. Il se débrouillait toujours pour entamer une conversation avec l'un d'entre nous.

La maîtresse a repris sa leçon sur l'aire du

disque mais personne ne l'écoutait. Tous les regards étaient tournés vers la nouvelle. Ela a sorti une à une ses affaires de classe de son sac à dos avant d'aligner minutieusement ses cahiers, sa règle, sa trousse et ses stylos sur son bureau à la façon des pièces d'un puzzle qu'on emboîte. John-John, qui perdait son stylo deux fois par semaine, l'observait comme si elle débarquait d'une autre planète. Il s'est tourné vers nous, les yeux écarquillés, mimant l'incompréhension.

– Allô ! Ici la Terre, a dit Mme Carli, qui peut me rappeler la valeur de pi ?

Ela et Youssef ont levé la main.

– Oui, Ela, je t'écoute.

– Environ 3,141 592 65.

– Euh… c'est exact, a bredouillé Mme Carli. Arrondissons à 3,14…

Ça devait lui faire tout drôle une réponse aussi précise venant de quelqu'un d'autre que Youssef.

– Pas mal, a d'ailleurs marmonné celui-ci.

– Dites, a poursuivi Ela. Comme j'ai déjà

appris ces trucs-là, est-ce que j'ai le droit de lire mon livre ?

John-John s'est de nouveau tourné vers nous en frappant son index contre sa tempe.

– Je préfère que tu écoutes le reste de la leçon, a répondu Mme Carli en faisant un effort pour ne pas paraître vexée. Il n'est pas impossible que tu apprennes deux ou trois choses d'ici la fin de la matinée.

– D'accord, a simplement répondu Ela.

★

À la récré, Ela est allée s'asseoir sous le saule. Elle observait la cour avec un air à la fois curieux et déçu.

– Venez, a dit Nadia, on ne va pas la laisser toute seule le premier jour.

– Mais le match… ? a protesté Fatou en faisant rebondir son ballon de foot.

– Vous trouvez pas qu'elle se la raconte ? a demandé John-John.

Tulipe les a ignorés et s'est dirigée droit vers le saule, immédiatement suivie par le reste de la bande.

– Salut, moi c'est Tulipe, s'est-elle présentée.

Elle a tendu une main qu'Ela a effleurée des doigts.

– C'est la première fois que j'entends ce prénom, a répondu celle-ci.

– Le tien aussi est plutôt… original, a bredouillé Tulipe en rougissant.

– C'est le nom d'une île grecque, a expliqué Ela. C'est là que mes parents se sont rencontrés.

John-John a levé les yeux au ciel.

On s'est tous présentés, un à un. Puis, quand est venu le tour de Vikash, Ela a joint les mains, s'est penchée en avant et a dit :

– Namasté !

Vikash l'a regardée sans comprendre.

– Ça veut dire bonjour en hindi. Tu n'es pas né en Inde ?

– Je suis né à l'hôpital Simone-Weil, a-t-il répondu, juste en face de la mairie…

– Connais pas, a dit Ela.

Dommage pour elle, ai-je pensé, c'était un très bon hôpital. La preuve, toute la classe y était née.

– Elle dure combien de temps la récré dans cette école ? a-t-elle demandé.

– De 10 h 15 à 10 h 30, mais la cloche retarde légèrement, a répondu Youssef en consultant sa montre.

Elle a sorti un portable de la poche de sa veste et s'est mise à pianoter dessus.

– Hé, c'est interdit d'amener son portable à l'école ! s'est écrié John-John.

Ce qui m'a fait marrer, parce que John-John se préoccupait rarement de ce qui était interdit et de ce qui ne l'était pas.

– Ne t'énerve pas, Jean-Charles, j'envoie juste un texto à ma mère pour lui dire que tout va bien.

– C'est John-John, a rectifié John-John.

– Si M. Didier la voit… a dit Fatou entre ses dents.

M. Didier, c'est notre surveillant. Il a un aigle tatoué sur l'avant-bras et une grosse barbe. Il est sympa mais, quand il se fâche, mieux vaut ne pas être dans les parages.

– John-John a raison, a dit Nadia, tu devrais le planquer si tu ne veux pas te faire punir.

On a entendu le petit bruit d'avion qui s'envole, celui qui indique que le message est parti. Ela a remis le portable dans sa poche.

– Je ne vais pas me faire punir le premier jour, quand même ?

En rentrant en classe, Ela a rassemblé ses affaires sur le coin de son banc, comme si elle s'apprêtait à quitter la classe d'un moment à l'autre. Mais personne n'est venu la chercher. Quand la cloche a sonné la fin de la journée, elle a fait son cartable en silence. Ensuite, elle a traversé la cour pour remonter dans le camping-car qui l'attendait derrière la grille.

– Trop bizarre, a dit Andres.

– Je crois que je l'aime bien, a déclaré Nadia.

– Et toi, ai-je demandé à Tulipe, tu la trouves comment ?

– C'est juste une frimeuse, a soupiré John-John. Et Tulipe déteste les frimeurs, pas vrai ?

Tulipe a fait la moue puis nous a salués sans un mot, avant de s'éloigner dans la rue.

★

Le lendemain, c'était le jour de la piscine.

Dans le bus, Bilal, le chauffeur, nous a fait sa blague préférée. Il a pris le micro et nous a annoncé :

– Attention, les têtards, aujourd'hui, changement de programme. Pas de natation, on part tous se dorer la pilule à Agadir !

On a tous crié :

– Wéééééééééé !

Comme si on y croyait vraiment.

Évidemment, il nous a quand même déposés devant l'entrée de la piscine municipale, prétextant qu'il avait oublié son passeport et qu'on n'avait pas prévenu nos parents.

Juste avant d'ouvrir les portes, il nous a dit :

– Pas de noyades, hein, les têtards. Je veux tout le monde dans mon bus au retour.

Bilal, je l'adore.

La natation, par contre, c'est moins mon truc. Je n'ai rien contre l'eau à proprement parler mais les vestiaires trop chauds quand on se déshabille et trop froids quand on se rhabille, l'eau brunâtre sur le sol et les chaussettes mouillées dans les chaussures, ça rend mes mardis matin déprimants.

Après être passés sous la douche, on s'est postés en sioux à la sortie des vestiaires. Le maître-nageur gardait constamment un œil sur le pédiluve, histoire de vérifier qu'on y trempait bien les pieds. L'astuce, c'était de se tenir prêt et d'attendre qu'il détourne le regard pour sauter par-dessus la flotte tiède, remplie de verrues et de peaux mortes qui croupissaient dans le bac.

Andres s'est dirigé droit vers le petit bassin tandis qu'on rejoignait les filles qui grelot-

taient au bord de l'eau. Comme il ne sait pas nager, Andres passe tout le cours à barboter avec une planche en mousse et, de temps en temps, il nous fait un petit signe de la main. Je crois que personne ne l'a jamais vu mettre sa tête sous l'eau.

M. Toni, notre prof de gym, a demandé à Ela si elle savait nager.

– Je me débrouille, a-t-elle répondu.

– Parfait ! Vous me faites vingt longueurs. Dix en brasse, dix en crawl, a-t-il aboyé en frappant dans ses mains. Et que ça saute !

Moi, le crawl, ça me crève. Au bout de deux longueurs, je ne sens plus mes bras. Alors, j'attends que le prof se mette à discuter avec les maîtres-nageurs pour me planquer dans un coin et attendre tranquillement que l'heure passe. Quand il regarde dans ma direction, je fais semblant d'être à bout de souffle. Je repars en brasse, tranquillement, et je retourne me cacher de l'autre côté du bassin.

Tulipe, Robin et John-John, les trois meilleurs nageurs de la classe, ont sauté dans l'eau. Ça leur arrivait souvent de faire la course, sans arriver à se départager. Ela a plongé à son tour et les a rattrapés en quelques mouvements. Elle faisait vachement mieux que se débrouiller ! Arrivée au bout de la longueur, elle a fait une culbute, avant de repartir dans l'autre sens comme une torpille. On aurait dit une pro.

– Tu as vu ça ? ai-je demandé à Youssef.

Il a acquiescé en connaisseur alors qu'il nageait la brasse la tête hors de l'eau, comme les vieux. Parfois, M. Toni lui criait d'avancer plus vite mais il s'en fichait. Il gardait sa cadence pépère, sans se soucier des hurlements du prof.

– Très impressionnant, a-t-il reconnu.

Les garçons se sont rapidement fait distancer. Seule Tulipe parvenait à rester dans le sillage d'Ela. Elle s'accrochait comme elle pouvait, mais Ela a placé une dernière accélération avant de toucher le bord et de lever les bras. Elle s'est hissée hors de l'eau, a enlevé ses lunettes et a encouragé ceux qui terminaient péniblement leurs longueurs.

– Tu es trop rapide… a lancé Tulipe, à bout de souffle.

Ela lui a souri.

– On peut s'entraîner ensemble, si tu veux ?

Dans les vestiaires, John-John tirait la tronche. Perdre la course contre Tulipe ou Robin, passe encore, mais contre la nouvelle, ça le rendait dingue.

– Elle a de la chance que j'étais pas dans un bon jour…

– Elle est trop rapide pour nous, a reconnu Robin.

– Et ce prénom… Je suis déjà allé plein de fois en Grèce et je n'ai jamais entendu parler d'Elafomachin !

– J'ai vérifié, a dit Youssef, l'île d'Elafonìsi existe. Elle se trouve dans la mer de Libye…

– *C'est là que mes parents se sont rencontrés*, a minaudé John-John.

– Pourquoi tu la détestes ? ai-je demandé. Elle ne t'a rien fait.

– Elle m'énerve, a-t-il grogné en enfilant rageusement ses chaussettes mouillées.

Avant de monter dans le bus, Bilal nous a comptés, puis il a poussé un ouf de soulagement en roulant des yeux.

– À la radio, ils ont dit qu'un requin s'était glissé dans les canalisations d'une piscine et avait dévoré tous les nageurs. J'ai bien cru que cette fois, je rentrerais tout seul à l'école !

Ç'a fait marrer tout le monde sauf Tulipe et Ela. Assises côte à côte, elles se parlaient à voix basse, ignorant nos rires, comme si plus rien d'autre qu'elles deux n'existait.

★

Les jours suivants, elles sont restées scotchées l'une à l'autre. Le matin, elles arrivaient ensemble et traversaient la cour épaule contre épaule, en se tenant par le bras. Elles passaient leurs récrés assises sous le saule, les yeux dans les yeux. Et, quand en fin de journée la cloche sonnait, elles couraient s'engouffrer dans le camping-car, comme des lapins qui se cachent dans un terrier.

En classe, Ela s'était même débrouillée pour échanger sa place avec Romane afin de pouvoir s'asseoir à côté de Tulipe. Personne ne savait comment elle avait fait, pas même Romane.

– Mme Carli m'a juste demandé d'aller m'installer à côté de John-John, nous a-t-elle expliqué quand on lui a posé la question.

– Mais on n'a pas le droit de changer de place d'habitude, a râlé Andres.

– Ça ne me dérange pas, a dit Romane. J'aime bien John-John.

John-John lui a adressé un clin d'œil. Il aime bien qu'on l'aime bien.

– Elle doit être très persuasive, a estimé Youssef.

– Elle baratine tout le monde, a dit John-John.

– Moi, je m'en fous qu'Ela change de place ou baratine qui elle veut, a dit Fatou en faisant rebondir son ballon. Tout ce que je vois, c'est qu'on a un problème avec les équipes depuis que Tulipe ne veut plus jouer avec nous.

– Youssef pourrait la remplacer, ai-je proposé.

Fatou m'a fait les gros yeux.

– On en a déjà parlé, Lino. Youssef préfère arbitrer. Pas vrai, Youssef ?

– N'empêche, a fait Nadia, c'est vrai que Tulipe nous manque.

– Ah ! s'est écrié John-John. Vous voyez que j'ai raison ? Ela nous a volé notre amie. C'est une voleuse ! Une frimeuse ET une voleuse !

★

En rentrant à la maison, j'ai trouvé papa dans la cuisine, en train de préparer des lasagnes.

– Maman vient d'appeler, elle doit rester au bureau plus tard que prévu, m'a-t-il prévenu.

Le travail de maman restait une énigme pour moi. Tout ce que je savais, c'est qu'elle partait le matin, un café dans une main, sa mallette en cuir dans l'autre, et qu'elle parlait en anglais avec des hommes en costume et qu'elle revenait à la maison épuisée.

J'étais en train de raconter ma journée quand le portable de papa a sonné. Il s'est essuyé les mains au torchon qui pendait sur son épaule et a fait la moue en découvrant le nom qui s'affichait sur l'écran.

– Il faut que tu dises à John-John d'arrêter d'appeler sur mon téléphone, a-t-il soupiré.

– Si j'en avais un, il appellerait sur le mien.

J'ai attrapé le portable, laissant mon père cogiter cet argument implacable. Une fois dans ma chambre, j'ai décroché :

– On doit récupérer Tulipe, a dit John-John.

– Et tu proposes quoi ? Qu'on la kidnappe ?

– Pas bête…

– C'est une blague, John-John… On ne va kidnapper personne. Et puis, Tulipe fait ce qu'elle veut. Si elle a décidé de passer chaque minute de sa vie avec Ela, qu'est-ce qu'on peut y faire ?

– Ah non, pas d'accord ! Elle ne fait pas ce qu'elle veut. On est une bande. On est ensemble, à la vie à la mort. Tu m'entends ? À la vie à la mort. Et on ne quitte pas la bande pour la première fille qui passe !

– Si ça se trouve, Ela est super sympa. Peut-être qu'on devrait faire un effort pour mieux la connaître ?

– J'en connais assez, merci. Je me suis renseigné…

Je savais qu'il mourait d'envie de me raconter ce qu'il avait trouvé.

– J'ai fait ma petite enquête… a-t-il ajouté sur un ton mystérieux.

– Tu t'es planqué devant son camping-car ? Tu as fouillé ses poubelles ?

– Les réseaux sociaux, Lino. Ils te disent tout ce que tu as envie de savoir.

– Je m'en souviendrai.

– Sa mère fait du mime. Et elle est même plutôt connue dans le milieu.

– Du mime ?

– Le truc muet, avec des gestes, là. Elle joue un peu partout dans le monde. D'après ce que j'ai compris, son père s'occupe des lumières et de la musique. Il y a même une vidéo, je peux te l'envoyer si tu veux.

– Ça ira.

Je n'avais jamais assisté à un spectacle de mime, mais, si c'était comme les clowns, ça ne me tentait pas plus que ça.

– Ils changent de pays sans arrêt, a dit

John-John. J'imagine que ça explique le camping-car.

– Ça ne doit pas toujours être marrant.

– C'est pas une raison pour voler les amies des autres.

– Écoute, je pense qu'on devrait tout simplement dire à Tulipe qu'elle nous manque.

– Mouais…

– On pourrait faire un truc tous ensemble. Demain après-midi, par exemple.

– D'accord… a-t-il soupiré. Avant l'arrivée d'Ela, Tulipe parlait d'aller à la patinoire.

– Bah voilà, me suis-je exclamé, super idée !

– OK, a fait John-John, j'appelle Fatou, Vikash et Andres.

– Andres travaille dans le magasin de ses parents, le week-end.

– Je m'occupe aussi de Robin, de Lou et de Romane…

John-John adorait utiliser son téléphone.

– Bon bah, préviens tout le monde, alors.

On a convenu d'une heure pour le rendez-vous et j'ai raccroché.

En revenant dans la cuisine, j'ai trouvé papa accroupi devant le frigo ouvert.

– Prends ma carte bancaire dans la poche de ma veste et va chez Graziella nous chercher du parmesan, m'a-t-il demandé. Et, s'il en reste, prends quelques artichauts grillés.

J'aime bien aller chez Graziella parce qu'elle me donne toujours une tranche de mortadelle à grignoter sur le chemin du retour.

Je sortais de la boutique quand j'ai aperçu le camping-car garé un peu plus loin dans la rue. Ce truc était tellement énorme qu'il était impossible à rater. Un homme téléphonait, appuyé contre la portière, côté conducteur. Je me suis approché et j'ai jeté un regard à travers les vitres fumées. La portière s'est ouverte, glissant sur le côté avec un bruit de vaisseau spatial. Ela se tenait debout sur les marches.

– Salut, Nino !

– Ela…

J'ai essuyé machinalement mes mains graisseuses de mortadelle sur mon jean.

Elle s'est penchée pour jeter un œil à l'homme au téléphone, puis elle m'a dit :

– Monte !

Une fois la portière refermée sur nous, je me suis senti à l'abri du monde extérieur, comme dans l'une de ces cabanes que je me construisais le dimanche, avec des piles de coussins et des couvertures. Les bruits du dehors semblaient à des kilomètres de nous. On entendait à peine la voix du père d'Ela. Je ne m'étais jamais imaginé que l'intérieur d'un camping-car puisse être aussi douillet. C'était tellement propre qu'on avait l'impression que tout était neuf.

– C'est ici que tu habites ? ai-je demandé.

– La plupart du temps. Tu veux visiter ?

Elle m'a montré sa chambre, la minuscule salle de douche et l'endroit où ils faisaient à manger. J'aurais voulu m'asseoir sur le siège conducteur et faire tourner l'énorme volant mais je n'ai pas osé demander. Des cahiers et une trousse étaient éparpillés sur la banquette qui leur servait de canapé.

– Tu révises ?

– Je prépare la dictée de lundi. Mon orthographe en français n'est pas terrible. Ma mère dit qu'il faut cultiver ses points forts tout en gommant ses points faibles, a-t-elle ajouté en se donnant des petits coups de stylo sur le crâne.

– La mienne dit qu'on ne peut pas être bon en tout, ai-je répondu.

Un silence gênant s'est installé entre nous. Je commençais à me sentir à l'étroit.

– Je sais que vous ne m'aimez pas, a déclaré brusquement Ela.

J'ai ouvert la bouche pour protester mais rien n'en est sorti.

– Jean-Charles me déteste.

– Il s'appelle John-John.

– Il ne me calcule pas.

– Faut juste qu'il apprenne à te connaître, ai-je dit. Et que toi, tu apprennes à retenir nos prénoms.

Dehors, son père a poussé un cri de joie qui a traversé l'habitacle. Ela a refermé nerveusement sa trousse.

– C'est à cause de Tulipe, pas vrai ? C'est pour ça que vous m'en voulez ?

Ça ne valait pas le coup de nier. Elle avait débarqué dans notre école et, en moins de deux, elle avait mis Tulipe dans sa poche. Tulipe, qui passait son temps à râler et à nous rabattre le caquet. Tulipe, qui restait pour nous un mystère alors qu'on la connaissait depuis la maternelle. Tulipe, qu'on adorait.

– Certains d'entre nous se sentent peut-être un peu exclus, ai-je reconnu.

– Surtout Jean-Jean.

– C'est John-Jo… Tu le fais exprès !

Ela et moi avons éclaté de rire.

– Il est chouette cet endroit, ai-je dit, en jetant un regard autour de moi.

– C'est le seul moyen de rester en famille quand ma mère est en tournée. Pour le moment, elle galère parce que tous les théâtres annulent les représentations. Du coup, on est plus ou moins coincés ici…

– Ça te plaît, de changer de pays sans arrêt ?

– La plupart du temps, oui. J'imagine que j'ai de la chance.

– Comment tu fais pour l'école ?

– Le plus souvent, j'ai cours par correspondance. Quand on reste au même endroit pendant trois semaines, un mois, mes parents veulent que j'intègre une école. Mais c'est plutôt rare…

J'avais entendu parler de cette histoire de cours par correspondance. Des gens vous envoyaient les leçons directement chez vous. Un peu comme si on vous refilait tous les jours une tonne de devoirs.

– Du coup, c'est pas facile de se faire des amis, a-t-elle avoué.

J'ai hoché la tête. Je me rendais compte

qu'on avait peut-être pas accueilli Ela comme il aurait fallu.

Elle a haussé les épaules.

– Mais je m'en fiche, a-t-elle déclaré en haussant les épaules. Ma mère dit que, de toute façon, on ne doit jamais compter que sur soi-même.

C'était la chose la plus débile que j'avais jamais entendue. Je comptais tout le temps sur mes amis ! Pour me faire marrer, pour me remonter le moral quand j'étais déprimé, pour me secouer quand j'avais la flemme, pour rendre ma vie plus chouette et plus intéressante. Ça me plaisait de pouvoir compter sur eux et j'étais heureux qu'ils puissent compter sur moi. Je voulais lui prouver qu'elle avait tort.

– Tu sais patiner ?

– J'ai fait un peu de hockey sur glace quand on habitait au Canada.

– On va tous à la patinoire demain après-midi, ai-je dit. Tu devrais venir avec nous.

– Je ne sais pas trop…

– Mais si, viens, ai-je insisté.

La portière avant s'est brusquement ouverte et le père d'Ela s'est assis derrière le volant.

– Super bonne nouvelle ! s'est-il écrié. Les affaires reprennent !

– Bonjour, monsieur.

– Qui est-ce ? a-t-il demandé à sa fille en m'observant dans le rétroviseur.

– C'est Nino…

– Lino, ai-je rectifié.

– Il est dans ma classe.

– Enchanté, Lino, mais il faut que tu descendes de mon camping-car. J'ai encore mille choses à faire dont neuf cent quatre-vingt-dix-neuf en retard.

– Désolé, ai-je bredouillé.

Une fois sur le trottoir, alors que le camping-car démarrait, et qu'Ela me faisait signe par la vitre arrière, j'ai crié :

– À demain !

★

Ni Ela ni Tulipe ne sont venues à la patinoire. Le dimanche, le bruit a couru qu'elles avaient passé la journée ensemble chez Tulipe. En tout cas, c'est ce qu'elle avait raconté à Lou, qui l'avait répété à Romane, qui en avait parlé à Milan avant que ça n'arrive aux oreilles de John-John.

Il avait envoyé un message sur le portable de papa pour me dire qu'il se sentait trahi et qu'il ne voulait plus jamais entendre parler d'elle. Il en faisait des tonnes, comme d'habitude, mais, la vérité, c'est qu'on se sentait tous un peu blessés.

Le lundi matin, quand Tulipe est entrée dans la cour, personne n'avait très envie de lui parler. Elle nous a lancé un regard de défi avant d'aller s'asseoir sous le saule.

– Le camping-car doit être en panne, a ricané John-John.

J'étais en train de me demander comment on en était arrivés là lorsque Andres nous a rejoints sous le préau, l'air préoccupé.

– Pourquoi vous la laissez toute seule ? nous a-t-il demandé en pointant du doigt Tulipe dans son coin.

– C'est elle qui nous ignore, a dit Fatou.

– Dès qu'Ela arrivera, on n'existera plus de toute façon, a ajouté Vikash.

– Vous n'êtes pas au courant ? Ela ne viendra plus à l'école…

– D'où tu sors ça ? a demandé Nadia.

– Tulipe est venue au magasin dimanche. Elle avait l'air triste, alors on a un peu discuté. Apparemment, la mère d'Ela joue dans un festival en Italie. Ils partent ce matin.

La cloche a sonné mais personne n'a bronché. Je crois qu'on se sentait tous un peu stupides…

– Bon ! s'est brusquement écrié John-John. On ne va quand même pas rester plantés là sans rien faire !

En nous voyant arriver, Tulipe a serré les dents.

Ça se voyait qu'elle avait pleuré. Nadia s'est assise à côté d'elle et a posé sa main sur celle de son amie.

– Désolé, Tulipe, ai-je dit.

Elle a haussé les épaules.

– Oui, on est désolés, a répété John-John.

Youssef, Vikash et Fatou ont acquiescé en silence.

– Dites, nous a crié M. Didier, qu'est-ce que vous attendez pour rentrer, ç'a sonné il y a cinq minutes !

Tulipe et Nadia se sont levées, main dans la main. Fatou a fait rebondir son ballon et on s'est tous dirigés tranquillement vers la classe,

tandis que Mme Carli nous observait par la fenêtre. En me retournant, j'ai vu passer le camping-car dans la rue. Il a ralenti devant la grille et j'ai cru un instant qu'il allait s'arrêter, mais le père d'Elafonìsi a donné un coup d'accélérateur avant de disparaître au loin.

Alors qu'on s'apprêtait à entrer dans la classe, Tulipe nous a dit :

– Ce week-end, c'est patinoire, OK ?

Et la vie a repris son cours.

Du même auteur à *l'école des loisirs*

Collection Neuf

Série Lino

*Lino (et les autres)*
*Encore Lino*